꿈꾸는 시계는
멈추지 않는다

꿈꾸는
시계는
멈추지 않는다

김현경 시집

오래된 시집 한 권을 꺼내 읽습니다. 겨울 내내 지쳐 있던 마음에 봄 햇살이 내리고 희망이 보이는 순간입니다. 시는 언제나 저를 위로해 줍니다. 이제는 '시인'이란 이름으로 '위로'와 '희망'을 쓰고 싶습니다.

봄이 되어 벚꽃이 피면 그리운 분이 있습니다. 돌아가신 이모, 데오필라 수녀님께 이 시집을 선물하고 싶습니다.

이해인 수녀님께서 이모를 위해 '나팔꽃 편지'를 써주셨습니다. 이 편지를 싣게 해주신 수녀님께 감사드립니다. 그리고 부족한 저를 항상 격려해 주시는 이철호 교수님께도 늘 감사한 마음입니다.

2016. 3.
꿈꾸는 시계 김현경

| 목차 |

제1부 나팔꽃 줄기 따라
보고픈 마음 잠든 그대에게 간다

제2부 그대여
봄꽃 피면 꽃잎 붙인 편지 하소서

제3부　우리에게 내린 첫 순간을 선한 인연,
첫눈이라 부른다

제1부

나팔꽃 줄기 따라
보고픈 마음 잠든 그대에게 간다

강가에서

한참을 쥐고 있던 작은 돌 하나가
강물에 빠진다
그 사랑은
던진 것일까? 놓친 것일까?

오랜 추억의 옛 그림자가
희미한 먼지가 되어 물결 속으로 사라진다
손의 온기로 데워진 빛바랜 사랑은
어디쯤에 닿았을까?

이름 없는 강가에 서서
희미해진 얼굴 하나 떠올려 본다.

꿈꾸는 시계

주인을 기다리는
오래된 알람이 울리면
꿈꾸는 시계는 집을 나선다

새벽 별빛 주머니에 넣고
아침을 깨우는 그녀에게서
금방울 소리가 난다

그녀의 방울 소리에
잠을 깬 젊은 시인
새벽 햇살로 옷을 갈아입으면

잡힐 듯 잡히지 않는
삶의 나뭇가지는
바람을 거슬러
오늘도 어제처럼 손을 내민다

별빛 한줌 꼭 쥔
새벽의 꿈
세상의 중심을 향해

내일도 오늘처럼 걸어간다

꿈꾸는 시계는
멈추지 않는다.

어떤 위로

– 어린 영혼들을 추모하며

꽃봉오리를 가슴에 품고
떨어지는 눈물을 마시며
봄 바다는
깊게 눈을 감았다

꽃잎들의 아우성을
덮은 바다는
보이지만 만질 수 없는
슬픈 유리 속 세상

상처는 그대로 아물어
진분홍 주홍글씨를
가슴에 새겨 놓는다

어떤 위로도 가벼운 몸짓
푸른 청춘은
고통의 메아리로 사라지고

먹이를 찾던 배고픈 짐승들
꽃봉오리를 모두 삼킨 후
순한 아기 되어 잠들었다.

상자 속 민달팽이

버리지 못해 지고 온 삶의 조각들
세월의 흔적을 먹고 사는 그에게
또다시 집 한 칸 내어준다

잊혀질까 매달리는 민달팽이
그림자 안으로 숨으려 애쓰지만
속살만 남은 채 미끄러진다

외로움과 희망을 오가던
빈 섬의 돛단배
너와 나의 한 뼘의 간격은
지나간 시간과 다가올 시간을 이어 준다

조금 여윈 그대는
추억의 상자 속
어디에
새 집을 지었을까?

그대를 향한 한 마디

준비된 은행잎들이
생사의 갈림길에서
탁 타닥 툭 떨어진다

미움과 애증 사이에
남은 것은 추억
그대와 함께한 시간을
노란 편지지에 꾹 눌러 쓰니

그대를 향한 한 마디
하늘로 소리 없이 날아오른다.

지나가는 비

향내음 나는 창백한 얼굴
낯익은 표정에
운명이라는 이름을
시험해 본다

흐릿하게 비친 그림자에
출렁이는 마음 들키지 않으려
숨죽이고 있다

마음 향한 곳은
오직 한 곳
어찌하다
목표 없이 떠가는 돛단배로
여기에 서 있는가

운명의 갈림길은
흔들리는 자에게
던져지는 주사위

떨어지는 빗방울

그냥 맞아도 좋다
우산을 쓰고 맞아도 좋다
지루한 장마도
지나가는 비

나의 길을 갈 뿐이다.

보름달

희망을 붙잡고 싶은
이유 없이 외로운 날
나 몰래 떠 오른
따뜻한 얼굴 하나
겨울밤 노란 기적이 되어
가슴 속에 스며드네.

새벽 산책

그대가 그리운 날
새벽 산책을 한다
별도 하나 둘 잠들어
조심스러운 발걸음

나팔꽃 줄기 따라
보고픈 마음
잠든 그대에게 간다

기도 소리 새벽종 울리고
햇살에 빠진 나뭇잎
그대 안부를 전할 때

호박꽃 뒤에 숨은
보라색 나팔꽃
진주빛 눈물 품은 채
조용히 아침을 열고 있다.

그대 만나러 가는 길

단풍잎 목에 걸고
그대 만나러 가는 길
검정 스카프에
꼭 붙어 있던 너의 얼굴
살며시 떨어져 별이 된다

붉게 물들어 버리는 행복
그대가 별이 되는 순간.

고해

상처와 치유는
바다와 하늘 사이의 경계선
떨어지는 눈물 한 방울은
하얀 웃음을 짓는 봄 햇살

비밀의 문이 열린다
닫힌 마음이 열린다.

하얀 발자국

커다란 목련나무 아래
꽃잎 두 장 가슴에 품고
한없이 흔들리던 작은 여자

봄이 되면 찾아와
꽃잎 줍던 아린 손
잠들면 떠나갈까
봄 밤 지는 줄 모르던 그녀

목련꽃 떨어진 자리마다
하얀 발걸음 찍히고

돌쟁이 아기의
발자국 주워 담는
어느 여자의 눈물이
목련꽃보다 크다.

당신을 위한 초대장

꽃 피우고 싶은 날
그대 이름을 불러본다
어디에 닿아야 만날 수 있을까?
꽃씨를 품은 초록잎
떠나려는 구름에게
그대 안부를 물으며
초대장을 띄운다

내가,
나를 부르는 날.

추억이 기다린 자리

-연풍 성지에서

바람이 불러 꽃잎이 불러
찾아간 그 자리 그 곳엔
그대가 남기고 간 그림자
나를 기다리고 있었다

멈춰 버린 기억은
퍼즐 조각을 맞추며
지나간 시간을 조심히 불러본다

나의 추억은
가는 실타래 하나 붙잡아 서 있고
그대의 추억은
그 자리에서 기다리고 있다

희망에 희망을 더하여
이 순간을 빛나게 하는 것은
푸른 생기보다 더 푸른
청춘이 머물렀기 때문이다

하늘과 나무 사이로 내민 손
가장 빛나는 시간을 건네받는다.

중고책방에서

같은 자리에서
낯익은 오래된 시선이
여전히 문을 향하고 있다

나의 이름을 새기며
떨리던 그 고백을 잊지 못해
다시 찾아올까 기다리고 있다

세월 지난 지금
기억 저편의 안개 속 그대를
붙잡을 마음은 없다

낡은 시집
시인의 이름을 덧입고
하루하루를 보낸다
이름 없는 중고책방에서.

한여름 밤의 가벼운 이야기

밤바다에 홀로 떠 있는
이름 없는 작은 별
항구의 반대편으로
잃어버린 친구를 찾아간다

금방이라도 떨어질 듯한
밤하늘의 진한 눈물과
한낮의 비를 먹은 나무는
서로의 아픔을 주고받고

쓸쓸함을 입은 밤공기가
그들의 주위를 맴돌며
외로운 영혼을 위로할 때

한여름, 많은 밤 중의 가벼운 하루
이름 없는 시인이 쓰다버린 이야기가
밤하늘 별에 닿는다.

사당역 신호등 앞에서

바뀐 줄 아는지 모르는지
머리 위에 내린 하얀 꽃들 흔들며
도시 한복판의 차들 사이를 걷는다
가슴 속 어두운 그림자를 걷어내지 못해
고개가 땅바닥에 닿을 듯 무겁다

젊은 시절 그대에게 나비가 날아온 적이 있던가?
작은 사진관에 멈춘 그대에게
꽃 핀 하나 달아주고 싶다

사당역 신호등 앞에서
눈물보다 투명한 나비를 보았다.

특별한 선물

가만히 머물고 싶다
비에 젖은 날개는 잠시 접고
민들레 하얀 홀씨 타고

사소한 말과 행동들은
진지하고 버거운 숙제가 아니며
잦은 만남과 헤어짐은
민들레 솜털처럼 가볍다

머릿속의 먹구름
맑은 무지개로 떠
실타래로 엉킨 일상의 무게들은
어깨 위에서 내려온다

늘 그렇듯
마음으로 안아 준다
고맙다고 내가 먼저 말해본다.

파랑새

지나가는 바람에 길 잃은 마음 헹구면 맑아질까?
꿈을 적은 풍선을 하늘로 보내면 가벼워질까?
참지 못한 마음은 그대로 터져 버린다.
썰물이 되어 빠르게 인사하고 사라지는 후회는
늘 함께하는 단짝 친구
마음과 마음의 차이는
바다와 하늘 사이의 가깝고도 먼 수평선
잡힐 듯 손을 내미는 파랑새는
가까이 존재하지만 잡지 못하는 눈물의 새
누구나 잡을 수 있지만 잡지 않는 두 얼굴의 그림자
상처와 치유가 공존하는 또 다른 나
그래서 떠날 수 없는 희망의 빈 섬.

그대 이름은 주인공

작은 구멍으로 다른 세상을 바라보는
그대의 꿈은 주인공
그의 이름은 이름 없는 주인공이다
흐릿한 얼굴로 세상에 화려하게 드러내나
꽃다발 속에 어울리지 못하는 꽃 한 송이
거울 앞에 서서 자신의 이름을 불러 본다
괜찮다, 애썼다.

맛으로 소문난 지방의 명가

간판에 덩굴이 집을 지었다
아침, 저녁 해와 겨우 눈 맞춤하여 생계는 유지한다
텅 빈 식탁 위에 소금과 후추가 집나간 주인을
기다린 지 오래인 듯
누런 휴지가 나를 쳐다보며 묵은 먼지를 툭툭 턴다
지나가는 사람들 사이에 명가라 입소문난 집
간판이 명가.

흰 남방 신고식

새로 산 흰 남방을 입고 점심으로 동태탕을 주문한다. 흰옷에 점 하나라도 찍힐까. 얼굴에 흠이 날 것처럼 손 동작과 입주변의 근육이 유별나게 조심스럽다. 일상에서 겪는 작고 큰 위기의 상황을 어찌 대처하며 나도 모르게 저지르는 실수는 어찌 깨닫고 반성할까. 새로 산 흰 남방 입고 개선장군처럼 집으로 돌아온다. 몰래 따라온 빨간 점 하나가 계속 웃고 있었다.

방황

안개 속으로 걸어 들어간 그 곳에
웅크리며 기다리는 빈 집 한 채
전에 두고 온 마음이 얼굴을 내밀자
그제야 피식 웃어 준다

안으로 안으로 걸어 들어가
그대와 마주한 오래된 책 앞
들키지 마라, 무뎌져라
숨만 쉬는 가여운 덩어리
숨을 곳을 찾는다

진한 눈물은
지나간 마음 따라 자국을 남겼고
감추었던 비밀 하나 젖어버렸다

시작과 끝의 가운데
봄비인지 겨울비인지
알 수 없는 비는 계속 내리고
젖은 어깨는 그 가운데에
흔들리고 있었다.

제2부

그대여,
봄꽃 피면 꽃잎 붙인 편지 하소서

꽃잎 따라 가는 길

봄 햇살이 춤추는 순간은
꽃 잎 붙인 그대 편지를
기다리는 시간
짙은 그리움이
희망이 되는 시간

손등에 몰래 내려앉은
벚꽃 편지를 받고
오래된 가슴은
슬픔 한 장 꺼내 마주한다

그날처럼
소리 없이 내리는 하얀 꽃눈
답장이 되어
눈물 속으로 흐려지고

꽃잎 따라 가는 길
그대 위해
마지막 배웅을 한다.

그대는

행복하다는 그대는
당신들의 기도 천사
비밀 일기장에 답해 주던 그대는
나만의 비밀 친구

꿰맨 단벌 복이
아름다울 수 있다는 것을 알았지요
눈썹 없는 얼굴도
고울 수 있다는 걸 알았지요

죽음과 삶의 경계선에서
당신은
지금 어디를 향하고 계시나요

가엽다 여기소서
말 못한 채 당신을 기다리는 그녀를
조금만 더 살게 해 주소서
천국에서 새로 태어날 어린 생명 하나
조금만 더 기다려 주소서

모두를 위해 기도하는 그대는
위로 천사
아름다운 그대는
나의 수녀님,
나의 수호천사.

기도

피어나는 어린 생명
지고 있는 어린 생명 모두
내게는 희망, 위로의 꽃입니다

새로 태어날 당신이기에
어린 생명이며
헤어지는 연습을 하기에
숨이 가쁜 어린 생명입니다

지고 난 꽃잎 뒤에
남겨진 귀한 선물이듯
당신은
끝나지 않은 한 편의 시입니다

아직은
당신의 손을 놓고 싶지 않아
눈물이 방법을 찾고 있습니다

그대여
우리를 위한다고
손을 놓지 마소서.

마침표 찍지 못한 편지

꽃잎차를 뜯지 못하고
말없이 웃기만 하였습니다
함께 보내신 손수건에는
기도하던 나팔꽃이
하늘로 산책할 준비를 하고 있었지요

여린 생명의 마지막 선물인 것을
어린 생명의 새로운 준비인 것을
남겨진 눈물은
기도를 멈추지 않았습니다

푸른 바다를 닮은
하얀 날개를 품은
그 꽃
당신과 닮았음을
떠나신 후에 알았습니다

잘 가라는 인사도
미안한 후회가 되고
일상의 작은 기억들은

사라질까 두려운 아쉬움이 됩니다

마침표 찍지 못한 편지
새벽종에 실려 보냅니다.

배웅

그해 봄 날
밤새 내린 눈은
당신을 마중 나온
그분의 손길

하얀 옷 갈아입고
그 길 따라
편안히 가소서

당신이 내민 손을
잡지 못하고
괜찮다, 괜찮을 거라
기다렸네요

당신은 내 손 잡으시고
괜찮다, 괜찮다
위로하며 떠나실 때
희망이라 쓰여진
편지 한 장 남기셨지요

눈은 모두 녹아
어느새 다시 봄
내 눈물도 멈추었네요

그대여
봄꽃 피면
꽃잎 붙인 편지 하소서.

• • •
2014. 3. 9. 데오필라 수녀님께

나팔꽃 편지

　- 데오필라 수녀님 영전에

이해인 수녀님

은은한 미소가 들꽃 같았던 우리 수녀님
'햇살에 눈뜨는 나팔꽃처럼 나의 생애는
당신을 향해 열린 아침'이란
어느 수녀의 시 구절을 픽도 좋아하신 수녀님
햇볕이 잘 드는 조은집 410호 침방엔
수녀님이 키우던 꽃들과 물고기 그대로 있고
연구하던 성베네딕도 규칙서 자료도
책상 위에 그대로 놓여 있는데
잠시 병원 가서 몸을 추스르고 온다더니
어찌 그리 서둘러 길을 떠나신건가요?
프란치스카 로마나 축일을 앞둔 사순절 첫 주일
우리는 너무 놀라서 울고 너무 서운해서 울며
하느님을 조금 원망하기도 했습니다
힘든 중에도 잠깐씩 담화방에 나와 웃음을 선물하고
렉치오 디비나 나눔 시간엔 지혜의 빛을 주었던 수녀님
늘 진지하고 성실하고 따뜻했던 우리 수녀님
아직도 할 일이 많고 공동체에 필요해서

우리가 수녀님을 보내고 싶지 않은 이 깊은 슬픔을
사랑의 기도로 봉헌할 수 있도록 도와 주셔요
수녀님처럼 겸손하고 온유한 모습으로
덕의 길로 나아가도록 여기 남은 우리 위해 전구해 주셔요
한 송이의 푸른 나팔꽃으로 마침내 하늘에 닿은
김영희 데오필라 수녀님 사랑합니다
함께해 준 모든 시간들 고마웠습니다. 안녕히!

2014. 3. 11

· · ·

이해인 수녀님의 시 '나팔꽃'을 무척 좋아하셨던
데오필라 수녀님, 더욱 그립습니다.

채송화

90세 되신 외할머니의 얼굴에 엄마 얼굴이 보인다
아끼는 고운 딸 먼저 보내시고
딸의 마지막 가던 날을 담담하게 이야기하신다
곱게 화장하고 항상 바삐 다니시던 할머니
얼굴에 검은 채송화가 가득 피우고 집 안에서
누구를 기다리시나
할머니의 얼굴에 엄마 웃음이 보여 울고 말았다

저 허공에서 바라보는 눈빛은 누구일까?

토끼인형

가슴에 토끼 옷 입은 여자아기
엄마에게 혼나고 인형에게 "맴매 맴매" 한다
"누가 토끼 맴매하니, 토끼가 너 싫대"
큰 여자의 목소리에
"아이 이뽀, 아이 이뽀" 인형 안고 우유를 마신다
여자 아이 눈물이 까만 점을 더해
하얀 토끼가 까만 옷을 입었다.

너와 나

내 마음 작은 언덕에 바람이 불면
네 사랑이 미소를 보낸다
어떤 빛보다 밝은 사랑으로

심장과 심장이 맞닿아
바람만이 지나갈 수 있는
너와 나의 거리에서

우리의 이야기는
처음부터 시작되는 끝없는 강줄기
끝나지 않을 속삭임으로
시작과 끝은 누구도 알 수 없다

너의 울음은
세상을 울리는 커다란 종소리
거짓 울음조차 너에게 향하는
한 마리 새를 시험하고

날 향한 눈빛은 타지 않는 불꽃
나의 모든 시선을 받아야

바다의 순한 파도가 된다

너는 빛이며
나를 얽매는 그림자
또 다른 나이며
언제나 어린 생명
나는 엄마.

참 빛

하얀 씨앗이 세상에
꽃눈을 틔운 날
희망의 편지들이
그 길을 달려간다

따스한 생명의 소식은
그대가 주신 선물

기쁨과 슬픔, 두려움
모든 감정은
너로 인한 삶의 존재감

너는 세상의 참된 빛
너는
나의 참 빛.

사 남매

보리차를 끓이려고 물을 올린다. 넷째는 악을 쓰며 울고 있다. 팔까지 휘두르며 바둥거린다. 셋째는 징징이 친구와 오랫동안 내기를 하며 놀고 있다. 둘째는 울고 있다. 꼬집힌 볼이 빨갛다. 태풍의 한가운데 있다. 첫째는 해 준 것이 뭐가 있냐며 사과를 달라고 떼를 부린다. 보리차가 넘치기 시작한다. 작은 아이 갑자기 울음 멈추고 웃는다. 물을 끈다. 이곳은 어디인가, 전쟁터인가? 꽃밭인가? 그들은 누구인가? 적군인가? 아군인가? 나는 누구인가……

태풍

작은 우산은 큰 우산을 쓰고, 노란 아기장화는 큰 슬리퍼를 끌고, 태풍의 한가운데를 걸어간다. 손바닥 위에 놓인 작은 꽃이 다칠까 흔들리는 나무도 커다란 새소리도 꽃의 떨림에 집중한다. 태풍이 데려온 바람의 입. 보호막을 깰 수 없는 이유는 너이기 때문이다. 이 순간이 아쉬워 모든 것이 숨을 멈추는 것 또한 너이기 때문이다. 마음 속 눈물 열매가 한 뼘 자란 날. 태풍주의보가 있던 날이다. 아이는 비를 맞지 않았다.

아버지

강물을 뒤집어 쓴 사내가 달리고 있다
아니, 빠른 걸음이다
사내의 등에는 검은 아이가 매달려 있다
사내는 호수를 돌고 있었다
시작과 끝을 알 수 없는 아주 큰 호수였다
한참을, 오랜 시간 걷던 사내가 멈추고
아이는 호수 앞에 앉는다
호수 위로 작은 손의 푸른 막이 흔들리기 시작한다
막이 열리고 아이의 손이 강물 속에서 춤을 춘다
아이의 뒤에 사내는 뒤에 한참을 말없이 서 있다
아이는 사내의 눈물을 보지 못한 채
푸른 강만을 바라보고 있었다
사내 눈에 고인 눈물은 강물보다 푸르렀다.

제3부

우리에게 내린 첫 순간을 선한 인연,
첫눈이라 부른다

봄앓이

마음 한 자락 서성이다가
인사 없는 새벽 가로등에
우두커니 그 마음 비춰본다

손에 소리 없이 박혀서
빠져나오지 못하는 가시처럼
하얀 살에 겨우 보이는
검은 외톨이 가시처럼

아픔은 조용히,
그렇게 고독하게
마음 안에 둥지를 틀었다

편지 한 통 받고 싶은 날은
내가 나를 위로하는 시간
어느새 동이 트고
꽃들도 잠시 울음을 멈춘다.

봄의 인사

겨울나무 가지 끝에
매달린 외로움 하나
살며시 얼굴을 내민
봄눈의 인사에 놀라
잠시 머뭇거린다

져 버린 줄 알았던 생명
어디에서 찾아온 것일까?

떨어지는 하얀 꽃비들
눈보다 더 하얗게 내리고
지는 벚꽃에 달린
눈물 열매들
수고로움을 토닥인다

생명의 봄은
또 그렇게 찾아왔다.

벚꽃 연주

흰 눈도 샘이나 귀를 기울이는
벚꽃나무의 이야기는
세상을 이어주는 한 편의 시

가는 발걸음마다 하얀 꽃길로
닫힌 마음을 여는 신비한 화음은
멈춰선 이의 무거운 어깨를 가볍게 하고

지나간 추억들이 서로를 위로하는
벚꽃 아래에서의 환상 연주
남겨진 이 모두에게 축복이다.

그녀의 봄

금방이라도 떨어질 것 같은
커다란 구슬을 눈에 담고
겨울 오기 전에 돋은 새살이
선물이라며 웃고 있다

겨울이 오기도 전에
벌써부터 기다리는 그녀의 봄은
가을 건너 바로 봄

그녀 눈 속에 가득한 연두빛
내 마음에 노란 등불 켜진다.

봄비

나른한 오후,
서둘러 마중나간 길목에
그대는 이미 지나가셨네

만날 수 있으면 좋았으련만
남기신 발자국
한 통의 편지 되어
길이 되어 주네

목련꽃 하얀 꽃망울 사이
그대의 위로와 격려는
닫힌 내 마음을 열어
봄 햇살과 춤추게 하네.

가을 편지

길을 걷다 멈춰 서게 한
할머니의 은행나무 앞
미처 준비하지 못한 노란 새들이
가슴 속으로 파도처럼 밀려든다

새들이 건네는 위로의 말에도
위로 받지 못하는 외로운 섬 하나

나의 어린 생명은
내 손을 꼭 잡은 채 위로한다
하나쯤 가져도 혼자는 아니라고

할머니의 은행나무 앞에 마주선
나와 또 다른 나에게
황금빛 편지를 건넨다.

가을앓이

지나가는 노을 기다리다
하늘을 보니
바람만 얼굴을 스치고
가로등과 눈 마주친다

인사 없이 떠나버린 가을
붙잡지 못하고
사라질 것 알면서도
나를 밟고 지나갈 발자국
기다리는 가을밤

머뭇거리는 마음
잠시 놓였다
다시 제자리에서
가을앓이 시작된다

그대를 기다리는 낙엽
지나간 그리움 덩어리.

볼 빨간 그리움

손 내밀면 사라지는
볼이 빨간 그대에게
손을 내민다

다가갈수록 멀어지는 그대
누가 멈추게 할까
흔들리는 그 마음
누가 위로해줄까

물결 위에 비치는
그림자의 얼굴
누구의 그리운 기억인가

화려한 햇살 속에
홀로 떠 있는 볼 빨간 그리움.

코스모스에게

밤바람에 흔들리는 별빛 아래
누군가의 이름을 부르는
가냘픈 이의 여린 손짓

금방이라도 떨어질 듯한
두 눈의 진한 이슬은
누구의 눈맞춤을 기다리는가?

잊은 줄 알았던 그리움
하늘 어디에 닿아야
다시 만날 수 있는 인연인가?

해마다 이 길목을
지나가는 가을이지만
또다시 시작되는
첫 사랑의 설렘으로

그대 올 시간을 아는 바람에게
안부를 묻는
그대의 얼굴이 유난히 붉다.

가을비 그대

선물 가득 담은 커다란 가방
부러진 우산살 사이로
얼굴을 내밀며 나를 찾아왔다
추억이었다
그렇게 그대는
가을비 속에서 내게로 왔다
초 하나 켜고 그대와 마주하니
십여 년 전 편지 속에
내가 서 있었다

그대를 신고 사라진 버스 역 앞
눈물은 빗속으로 흩어지고
가을비는 마음 들키지 않으려
가을을 데리고 떠나갔다
그대가 남기고 간 시집
추억 도장을 찍는다
멈춰버린 시간이 고마워
가슴이 붉어진다.

낙엽

빨간 볼 얼굴 내밀며
나를 부르던 목소리
생기가 있어 언제까지나
그대로 기다려줄 줄 알았다

말라버린 채 누렇게 몸을 꼬며
마지막 순간은 꺼져가고
차마, 간직하지 못하고
눈으로 너를 보낸다

더 떨어져라
헤어져야, 사라져야
다시 만날 수 있을까?

제 마음 가누지 못하고
이리저리 헤매기를 반복한다.

가을 달빛

가을에도 무딘 가슴이라 생각했는데
낙엽 떨어지는 소리에 눈을 뜬다

회색 하늘 아래 한 줄기 수평선
큰 건물 사이
저녁 하늘을 감싸고 있는 나뭇잎은
나를 궁금해 할까?

가을 달빛이 외로워 나 자신이 될 때
그 마음 달빛 그림자 되어
강물 속으로 사라지고

날 부르는 소리는
너를 부르는 소리가 된다.

그대가 오는 풍경

낮설은 설렘으로
새벽 창가에 서니
가로등 사이로 반짝이며
하얀 선물이 소리 없이 내려온다.

며칠 전에 내린 봄비
한 켠에 잠든
겨울이 무안할까
소리 없이 내게만 알렸나 보다

3월의 목련꽃 사이
하얀 얼굴 위로 내민
마지막 입맞춤

찬란한 몸부림이 가여워
한참을 바라본다
그대가 오는 풍경.

겨울비

창백한 하늘,
우산 사이에 감춰둔
너의 그림자를 찾다가
눈물로 떨어지는 너와
다시 마주한다

기다림이 어울리는 그대는
따뜻한 눈물 한 방울로
희망의 편지를 써 내려간다

언제나 그대를 기다리며
외로운 섬 하나를 바라보던
나의 그리움

눈으로 내리지 못한 채
속삭이는 너의 이야기
이제는 안녕
쓸쓸하지만 반가운 안녕.

까만 눈사람

밤새 내린 눈 위로
겨울비를 맞으며
아이들이 만든 눈사람

까만 눈사람의 하얀 미소에
내 마음도 조금은 회색 빛깔

창백한 하늘을 뚫고
내리는 하얀 눈
미안하다는 나의 인사

번진 눈물로
괜찮다고 답해주는
아이의 까만 눈사람.

첫눈

우주를 떠도는 아픔이
너에게 모여 눈물이 되고
작은 상처 조각들
수없이 주문을 걸 때

마지막 남은 붉은 단풍잎 위
아이의 하얀 웃음으로 내려왔다

많은 별들이 모여
한 방울 눈물로 떨어진 것이
시작이었다

우리에게 내린 첫 순간을
선한 인연,
첫눈이라 부른다.

하얀 선물

당신을 기다리며 바라보는 창밖으로

침묵만 우두커니 앉아 있는 벤치 앞에

노래를 부르고 있는 절름발이 소년

하늘 아래 쓰여진 사연 속으로

누군가 천사 되어 손을 내미는 순간

하얀 선물이 살포시 내려온다.

제4부

내 마음 달빛이 되어
수평선 아래로 사라질 때
바다는 그대를 놓아주었다

새벽바다

지나간 추억을 묻으러
다시 마주한 새벽바다

잠든 하늘 위로 보낸
불꽃 한 송이
그대를 위한 마지막 선물

내 마음 달빛이 되어
수평선 아래로 사라질 때
바다는 그대를 놓아주었다

추억에게 인사하며
떠나오는 새벽바다

모래 위에 남겨진 발자국
눈물을 흘리며
따라오고 있었다.

오래된 책갈피

잃어버리지 마라
우연히 발견한 책 속에
꾹꾹 눌러 쓴 낯익은 글씨체

머릿속은 기억을 더듬지만
마음이 알아채네
시간이 지나니
이제야 먼저 대답하네

소복이 내린 겨울 눈 아래
같은 자리를 지키며
푸른 꽃다발을 내밀던 너

떠나버린 기차를 바라보며
한참을 서 있던
가로수 아래 사내의
착한 그림자를
그때는 알지 못했네

시집 한 권에 끼워둔
오래된 책갈피 하나
더 어렸던 여자의
가슴만 기억하네.

바람이 부는 섬

내 사랑이 머물던
바람 부는 섬에
그 마음 두고 왔네

함께 듣던 노래
안개 사이의 작은 섬에
추억의 쉼표 하나를 찍었네

모래밭에 남겨진 파도
사라진 그대의 흔적을 따라
갈매기가 입고 간 웃음을 찾아
또다시 제자리에 서성이고

다시 찾아갈 그 자리엔
파도에 몸을 숨긴 조개
우리의 시간을
모래 위에 적고 있네

평화가 뛰어놀던
바람 부는 섬에
내 마음 두고 왔네
여전히 그 마음 기다리고 있네.

창문에 올려 놓은 편지

침묵 속에 가득 핀 이름 모를 꽃
그대 담을 공간에
꽃 한 송이 꽂아 두고
편지를 쓴다

창문과 창문 사이
나만의 비밀 공간
무향의 바람 타고
그대에게 가는 빠른 발걸음

함께한 산책길
사진 한 장으로 담고 보니
지나치던 풀꽃도 아름답다

그대 손을 잡으면
시간을
그대를
붙잡을 수 있을까?

사랑은 아픔 참고
그 마음 보여주는 미소
창문에 올려놓은 편지
바람에 실려 떠나보낸다.

첫사랑

지나간 사랑 하나가 그리운 가을은
말없이 단풍 하나 조심스럽게 흘리지만
가슴엔 붉은 도장만 깊숙이 새겨 놓고
하늘로 흩어지는 서글픈 눈

그대는,
마침표 없는 편지가 되어 사라진다.

뒷모습 사랑

돌아서는 뒷모습에
마침표를 찍지 못하고
흐려지는 작은 얼굴

머릿속의 깨어진 침묵은
지나간 사랑을 부여잡은 채
성당으로 발길을 돌리고
앞 사람의 머리만을
향하며 손을 모은다

저 뒷모습 마다마다
기다리는 이가 있을까?

성당문을 나설 때
따가운 시선 하나
내 뒷모습에 박힌다.

어린 사랑

넘어진 자전거는
밤새 누워 있었다
옆에 쓰러져 우는 사내를
지키며 울고 있었다

새벽의 고독은
또다시 열병을 앓고
한참을 흐느낀 사내는
일상으로 걸어간다

그의 발자국 뒤에
지나간 추억들이
가랑비로 떨어진다

언제나 어린 미숙함은
후회로 남는 어린 사랑
그 사랑은 멈추지 못하고
반복되어 도는 자전거 바퀴

바람이 빠져 버려진 자전거
여전히 사내를 기다리고 있다

자전거를 세우고 돌아가는
어느 어린 여자의 뒤에는
가랑비가 옷자락에 스며들고 있었다.

바람의 노래

하늘과 손잡고
나뭇잎 사이의
가슴 뭉클한 반짝임으로
그대를 마중하고 싶다

그대 가슴에
행복의 씨앗을 심어
꽃 한 송이 피어나길 기도한다

작은 어깨 위에서
가벼운 위로를 건네는
바람의 향기는
그대를 위한 노래

그대여
눈물로 피어난 열매여

그대의 스치는
그리움만으로

지나가는 바람 되어
그대 위한 꽃잎 편지 보내리.

사랑니

헤어지자 먼저 말해 놓고
새벽별은 밤새 운다
눈물의 의미를 몰라
멈출 수가 없다

함께하자던 그 말도
구겨진 종이에 쓰여진
낙서가 되어
고마웠다 안녕

차갑게 멈춘 새벽 괘종에
나 몰래 찍어 놓은
너의 발자국을 보니
미안했다 안녕

오래 앓던 사랑니도
짧은 인연이라고
얇게 덧칠한 조각으로 떼어져
아픈 흔적을 남긴다

이별
너도 안녕.

반딧불

조용히 반딧불에 실려 온 당신
내 눈 속에 모닥불을 피우고
이 밤을 지새우게 합니다

탁탁 튀는 작은 불꽃
내 몸을 태워 그대에게 가리
가로등 불빛에 제 몸 박아
재가 되어야 승화된다는 불나비처럼

나의 작은 떨림조차 부정하는 당신
메아리를 허공에 가두어둔 채
마냥 기다리게 합니다

침묵으로 대답하며
죽음으로 기다리리
불로장생 훔친 사랑 그에게 주고
환생만을 바란 진나라 여인의 그 전설처럼.

고백

추억이 묻는다
나는 너에게 어떤 의미냐고

조금 생각하다 무심하게 말한다
너는 나에게……
시집 한 권 속에
숨겨진 한 편의 시
무심코 건넨 사진 속에
빠진 사진 한 장이다

그리고 덧붙인다
유치하지만……
한마디 말을 숨기고
살아가는
오래된 책갈피라고.

너의 목소리

우연히 바라본 나뭇잎 사이의
가슴 저린 반짝임은
당신을 위한 나의 햇살

지나가는 비에
맺힌 그리운 기억은
당신을 위로하기 위한
눈물의 노래

초대받은 외로운 섬은
작은 휴식처가 되어
조용히 발을 담그고
잠시 물결을 바라본다

소리 없이 흔들리는
물결의 속삭임
바람으로 전해오는
너의 목소리.

나의 사랑

바람이 가슴에 들어왔니?
햇살 입은 나뭇잎은 무슨 이야기를 하니?
가을 하늘의 웃음소리는
너에게 찾아온 또 다른 세상
홀로 잠자던 친구가 손 내밀며 인사를 건넨다
외로운 섬에 발을 담그며
편지를 보내는 너는 나의 사랑.

보라색 그대

그대가 읽어주던 그 책,
그 마지막 페이지를 넘기지 못하여
가슴은
썰물에 빠져나가지 못하고
그대로 서 있었다

모든 것은 정지된 화면
두 발을 담근 물은 보랏빛
그대 없이도 빛나는 물결에
가슴은 그저 멍할 뿐이다

나를 바라보던 당신의 안경만
여전히 나를 보며 웃고
그대가 놓고 간 책은
마지막 페이지를 넘기려 애쓰는데

바다 한가운데의 보라색 의자
당신을 잊을까

두고 간 추억을 꼭 안고 있다
시간은 멈추어
뛰던 심장도 잠시 쉰다.

가시

가슴에 몰래 박힌 돌덩어리
빠져 나오려고 애를 쓸수록
깊게 박힌 가시가 된다

모래알보다 작은 상처는
회오리바람이 되어
눈물로 빠져 나오려다
다시 갇힌다

가여운 그 이름도
결국
나,
사랑.

갈대밭 사이 작은 강

갈대밭 사이 낮은 지붕들
다닥다닥 모여 하얀 이불 덮고
온몸을 녹인다
얇게 얼은 작은 강 아래
그대 돌아오지 못할까
눈물은 쉬지 않고 흐른다

너와 내가 머물던
시작과 끝이 있던 이곳에
흔들리지 않던 마음이
흔들리는 갈대 속에서 운다
눈은 오늘도 조금 더 내리며
강을 달랜다
강물은 눈물에 조금 더 언다.

잘 다져진 문학적 토양 위에서 빚어낸 사람들의 마음과 문학적 심성을 뒤흔드는 시들

이철호(시인·소설가)

전국 백일장에서 장원을 차지하며 주목을 받았던 김현경 시인은 아직 신인임에도 불구하고 신인을 뛰어넘는 탁월한 시적 재능을 갖추고 있다. 특히 그의 시들은 시의 기본에 충실하면서도 시적 표현력이 독창적이며 시인 특유의 섬세한 문체와 활기 넘치는 언어 구사력을 지니고 있다. 시의 소재들도 무척 참신하다.

「시는 경험이고 느낌이고 감정이며 직관이고 방향성이 없는 사유思惟다.」라는 말이 있는데, 이 시인의 시 속에는 이 모든 것들이 조화를 이루며 잘 배합되고 숙성되어 있다. 그만큼 그는 자신의 삶의 일상에서 보고, 듣고, 느끼고 체득한 것들을 자유분방하게 시적인 이미지로 연결해 나가며 풍부한 문학적 상상력을 보여준다.

시어詩語들을 엮고 부리는 솜씨도 아주 능란하며 시 속

에 펼쳐내는 서술 구조와 시를 통해 표현해내는 인간심리와 사물에 대한 미시적 묘사도 뛰어나다. 인간의 존엄성과 생명에 대한 애착도 강해 보인다. 또한 그의 시는 고단하고 우울한 삶에 지친 사람들에게 따뜻하게 다가가 한없는 위로와 희망을 주기에도 부족함이 없어 보인다. 시가 지닌 영적인 힘을 이끌어내 자신의 시를 통해 예술로 승화시키는 능력 또한 대단하다.

끈질긴 노력과 치열한 습작 과정을 통해 문학적으로 잘 다져진, 시인의 이러한 면모들과 타고난 문학적 자질은 그가 이번에 발간하게 된 첫 시집에 실린 시 작품들만 보더라도 충분히 엿볼 수 있다. 그러기에 시인이 앞으로 더욱 발전된 모습으로 보여 줄, 문학적 미래 또한 몹시 기대된다.

　　　꽃잎차를 뜯지 못하고
　　　말없이 웃기만 하였습니다
　　　함께 보내신 손수건에는
　　　기도하던 나팔꽃이
　　　하늘로 산책할 준비를 하고 있었지요

　　　여린 생명의 마지막 선물인 것을
　　　어린 생명의 새로운 준비인 것을
　　　남겨진 눈물은
　　　기도를 멈추지 않았습니다.

푸른 바다를 닮은

하얀 날개를 품은

그 꽃

당신과 닮았음을

떠나신 후에 알았습니다

잘 가라는 인사도

미안한 후회가 되고

일상의 작은 기억들은

사라질까 두려운 아쉬움이 됩니다

마침표 찍지 못한 편지

새벽종에 실려 보냅니다.

　　　　　　　－「마침표 찍지 못한 편지」

　이 시에서 시인은 「마침표를 찍지 못한 편지」즉 「마무리를 짓지 못한 미완未完의 편지」를 이른 새벽, 새벽종 소리에 실려 보내야만 하는 아프고 시린 마음을 노래한다.

　그런데 종鐘이란 원래 이문재의 시 「농담」에서 「… / 종소리를 더 멀리 내보내기 위하여 / 종은 더 아파야 한다」고 묘사했듯이 세게 때릴수록 그 소리를 더 멀리 보낼 수 있다. 그리고 세상이 아직 깨어나지 않은 새벽인 미명未明에 울려 퍼지는 종소리는 더욱 멀리 퍼져나간다.

그래서 시인은 자신의 시리고 아픈 마음과 함께 그리움이 가득 담긴 「미완의 편지」가 하늘로 띠나기 바란, 그 그립고 보고 싶은 임에게 닿을 수만 있다면 설령 자신이 더 세게 맞아 깨어지는 아픔이 있다하더라도 이를 기꺼이 받아들일 수 있다는 것이다.

「마침표 찍지 못한 편지」를 구태여 새벽종에 실려 보내는 것도 멀리 떨어져 있는 그립고 보고 싶은 임에게 닿을 수 있도록 좀 더 멀리 보내기 위해서가 아니겠는가.

이별의 아픔과 그리움, 그리고 이로 인한 고뇌를 상반된 시적 비유를 통해 그려내고 있는 이 시에서 시인의 섬세한 감각이 느껴진다. 아울러 절제된 감정을 바탕으로 차분하게 자신의 속마음을 보여주는 시인의 성숙함도 놀랍다.

봄 햇살이 춤추는 순간은
꽃잎 붙인 그대 편지를
기다리는 시간
짙은 그리움이
희망이 되는 시간

손등에 몰래 내려앉은
벚꽃 편지를 받고
오래된 가슴은
슬픔 한 장 꺼내 마주한다

그날처럼
소리 없이 내리는 하얀 꽃눈
답장이 되어
눈물 속으로 흐려지고

꽃잎 따라 가는 길
그대 위해
마지막 배웅을 한다.

- 「꽃잎 따라 가는 길」

이 시에서는 우선 따사로운 봄 햇살이 마치 꽃잎 위에서 춤추고 있는 것 같은 어느 아름다운 봄날의 안온하고 평화로운 풍경이 느껴진다. 그러나 이 시 속의 봄날에서는 어쩐지 슬픔이 배어 나온다. 바깥은 꽃 피고 햇살 좋은 화창한 봄날이지만, 시인의 가슴 속에는 무언가 알 수 없는 슬픔이 가득하기 때문이리라.

마지막 연에서 시인은 그대를 위한 마지막 배웅이 떨어져 흩어진 꽃잎을 따라가는 것임을 고백한다. 자신이 그대를 위해 할 수 있는 일이란 고작 그것뿐이라는 안타까운 독백일까.

함민복 시인은 그의 시 「서울역 그 식당」에서 「그대 그림자가 지나간 땅마저 사랑한다」고 했지만, 이 시인은 이제 그대를 위한 마지막 배웅을 위해 따라갔던 그 꽃길을 두고두고 사랑할지도 모르겠다.

그대가 그리운 날
새벽 산책을 한다
별도 하나 둘 잠들어
조심스러운 발걸음

나팔꽃 줄기 따라
보고픈 마음
잠든 그대에게 간다

기도 소리 새벽종 울리고
햇살에 빠진 나뭇잎
그대 안부를 전할 때

호박꽃 뒤에 숨은
보라색 나팔꽃
진주빛 눈물 품은 채
조용히 아침을 열고 있다.

－「새벽 산책」

시인은 그대가 그리운 날이면 새벽 산책을 한다. 이 새
벽 산책에서 마주치는 새벽 별들도, 어디선가 나직이 들

려오는 새벽기도 소리와 새벽종 소리도, 이른 아침에 피어나는 보라색 나팔꽃들도 모두가 다 그대를 향한 그리움이 되고, 그대의 모습이 된다.

그리움도 지극하면 착시를 일으키는 것일까

이렇게라도 그리운 그대를 찾아 나서 간절히 부르면 새벽 별들이, 새벽기도 소리와 새벽종 소리가, 그리고 조용히 아침을 열고 있는 나팔꽃들이 그를 대신하여「나 여기 있다!」고 화답하는 소리라도 들려오는 것일까.

이별에는 언젠가 다시 만날 수 있으리라는 희망도 함께 담겨 있기에 저토록 찾아 헤매는 것은 아닌지.

창백한 하늘,
우산 사이에 감춰둔
너의 그림자를 찾다가
눈물로 떨어지는 너와
다시 마주한다

기다림이 어울리는 그대는
따뜻한 눈물 한 방울로
희망의 편지를 써 내려간다

언제나 그대를 기다리며
외로운 섬 하나를 바라보던
나의 그리움

눈으로 내리지 못한 채
속삭이는 너의 이야기도
이제는 안녕
쓸쓸하지만 반가운 안녕.

- 「겨울비」

겨울은 시인 곁을 무심히 지나고, 그 쌀쌀한 날씨 속에서 추적추적 내리는 겨울비는 시인의 마음을 더욱 을씨년스럽게 만든다. 비록 겨울은 아무런 말도 하지 않은 채 묵묵히 지나가고 있지만 매서운 바람과 추위, 겨울비로 사람들을 자신의 존재를 알리려는 것일까

그런 겨울 풍경 속에서 시인은 창백한 하늘을 바라보며 「눈물」로 떨어지는 그리운 사람과 마주한다. 그러면서 「눈물」로 희망의 편지를 써 내려간다. 그러나 이것도 곧 이별이다. 그리움의 「눈물」은 빗물이 되어 흘러가 버리고, 이로써 모두가 다 안녕이다.

우리네 삶 또한 이별의 연속이다. 우리는 매일매일, 그리고 매 순간순간마다 이별하며 살고 있다. 그래서 그리움이란 것도 생겨난 것이 아니겠는가.

오늘은 어제와 이별했고, 내일은 또 오늘과 이별하게 될 것이다. 아는 사람들과도 이별하고, 모르는 사람들과도 이별한다. 사랑하는 사람들과도 이별하고, 미워하는 사람들과도 이별한다.

이런 이별을 슬퍼하듯 이 시 속에서의 겨울비는 하염

없는 눈물이 되어 흘러내린다.

마음 한 자락 서성이다가
인사 없는 새벽 가로등에
우두커니 그 마음 비춰본다

손에 소리 없이 박혀서
빠져나오지 못하는 가시처럼
하얀 살에 겨우 보이는
검은 외톨이 가시처럼

아픔은 조용히
그렇게 고독하게
마음 안에 둥지를 틀었다

편지 한 통 받고 싶은 날은
내가 나를 위로하는 시간
어느새 동이 트고
꽃들도 잠시 울음을 멈춘다.

ㅡ「봄앓이」

봄이 되면 시인은 마치 가시에 찔리는 것 같은 「봄앓이」를 한다. 가시에 찔린 것 같은 그 아픔 속에서 무디어졌던 영혼이 자극을 받아 화들짝 놀라며 깨어난다.

인간의 영혼 또한 시련과 아픔이 주는 자극이 있어야 보다 빨리 깨어나며 각성한다. 인간은 흔히 고통이 없으면 고통을 느끼지 못한다. 편안함과 배부름 속에서는 고통이나 절박함을 못 느끼며 영혼과 육신이 모두 나태해지기 쉬운 것이 어쩔 수 없는 인간의 모습이다. 사나운 가시에 찔려 본 사람만이 가시가 주는 아픔을 알 수 있듯이 고통을 겪어 본 사람만이 고통을 겪는 사람들의 아픔을 제대로 알 수 있다.

시인의 가슴 속에 가시가 둥지를 틀어 고통이 되고 고독이 되는 순간, 꽃들은 잠시 울음을 멈추고 시인의 마음에 다가간다.

고대 로마 시대의 탁월한 서정 시인이자 풍자 시인으로 평가받고 있는 호라티우스는 일찍이 그의 《시론詩論》에서 이런 말을 했다.

"시는 아름답기만 해서는 뭔가 부족하다. 사람의 마음을 뒤흔들 필요가 있고, 그 시를 듣는 이들의 영혼을 뜻대로 이끌어 나가야 한다."

김현경 시인이 쓴 시들이 세상 사람들의 마음과 문학적 심성을 뒤흔들며 그들의 영혼을 시를 통해 보다 멋지고 성숙하게 이끌어 주었으면 하는 마음 간절하다.

소중한 가족,
함께해서 고마운 분들,
술술샘의 꼬맹님들,
그리고 스승님 감사합니다.

김현경 시집

꿈꾸는 시계는
멈추지 않는다

|초판1쇄| 2016년 3월 04일
|초판2쇄| 2019년 4월 26일

|지은이| 김현경
|펴낸이| 노용제
|펴낸곳| 도서출판 한국문인

|등 록| 제 2-5003호
|주 소| 100-015 서울특별시 중구 창경궁로1길 29
|전 화| 02-2272-8807
|팩 스| 02-2277-1350
|이메일| rossjw@naver.com
|공급처| 정은출판(02)2272-9280

정가 8,000원
ISBN 978-89-93694-40-6 (03810)